Papel certificado por el Forest Stewardship Council®

MIXTO
Papel procedente de
fuentes responsables
FSC® C117695

Título original: *Red Knit Cap Girl and The Reading Tree*
Primera edición: mayo de 2018

© 2012, Naoko Stoop
Las ilustraciones para este libro fueron realizadas en acrílico, tinta y lápiz sobre madera contrachapada.
Diseñado por Saho Fujii con la dirección artística de Patti Ann Harris.

© 2018, de la presente edición en castellano para todo el mundo:
Penguin Random House Grupo Editorial, S.A.U.
Travessera de Gràcia, 47-49. 08021 Barcelona

Printed in Spain – Impreso en España

ISBN: 978-84-488-5075-3
Depósito legal: B-5763-2018

Impreso en EGEDSA

BE 50753

Penguin
Random House
Grupo Editorial

POPPI, LA NIÑA DEL GORRO ROJO, Y LA BIBLIOTECA DEL ÁRBOL

por NAOKO STOOP

Beascoa

Hace demasiado calor para correr, y demasiado calor para jugar. Poppi, a la que todos llaman la Niña del Gorro Rojo, y el Conejo Blanco han encontrado un buen lugar a la sombra y leen.

La Ardilla quiere mostrarles una cosa, pero no quiere decirles qué es.
"Lo veréis cuando lleguemos allí", es todo lo que dirá.

La Niña del Gorro Rojo y el Conejo Blanco
corren deprisa detrás de la Ardilla.

"Qué gran roble", dice Poppi al ver hacia dónde señala la Ardilla.
"El árbol, no", dice la Ardilla. "Mira dentro."

La Niña del Gorro Rojo mira dentro del agujero
que hay en el tronco.
"Esto es lo que quería mostraros", dice la Ardilla.
"Es un escondrijo."

"¿Para qué sirve?", dice el Oso.

Poppi oye las hojas susurrando y siente la suave hierba bajo sus pies.
Entonces, mira de nuevo al escondrijo.
"Tengo una idea," dice.

La Niña del Gorro Rojo pone su libro dentro,
donde permanecerá seguro y seco.
"Pondré mi libro en este escondrijo, así todo el mundo
podrá leerlo", dice Poppi.
"Yo también pondré mi libro, así todo el mundo también
podrá leerlo", dice el Conejo Blanco.

"¡Yo también!", dice la Ardilla.
"¡Buena idea!", dice el Oso.

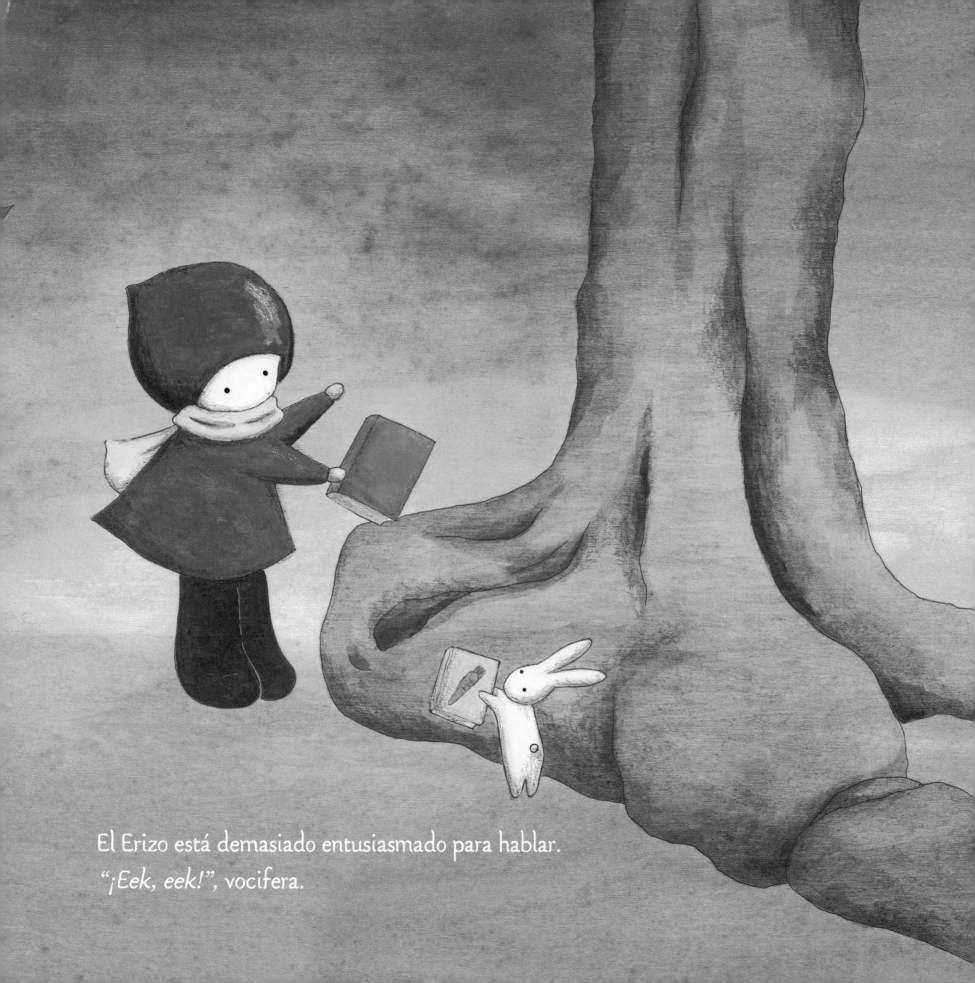

El Erizo está demasiado entusiasmado para hablar.
"*¡Eek, eek!*", vocifera.

Los pájaros descienden en picado.
"¡Nosotros también tenemos
algo para compartir!"

"Yo no tengo ningún libro", dice triste el Castor.
También quiere compartir alguna cosa.

Entonces, el Castor tiene una idea.

Roe con sus dientes, arrastra con fuerza y golpea con su cola
un trozo de madera hasta que consigue construir una estantería.

Todo el mundo queda asombrado.

Al día siguiente, el Ciervo trae su libro al escondrijo.
El Pato le sigue con su libro.

La Tortuga tiene muchos libros para compartir,
¡así que los lleva sobre su caparazón!

La astuta Zorra no contribuye. Se escabulle al interior del escondrijo cuando cree que nadie está mirando. "¡Qué tontos son todos dejando estos libros aquí para que yo los pueda robar!", dice al coger uno.

Los otros animales traen más libros al escondrijo. Leen cada día hasta
que el tiempo va cambiando y el aire se hace más crudo y gélido.
Ahora es otoño, demasido frío para permanecer alrededor del escondrijo.

"¡Acurrucaos debajo!", dicen las Ovejas.

Han hecho mantas de lana para todos.

Ahora el escondrijo es aún más acogedor.

Durante el verano y el otoño, el Búho y la Luna han estado mirando lo que hacían la Niña del Gorro Rojo y sus amigos. Ahora es casi invierno. Los días son más cortos y oscurece antes. El Búho y la Luna hablan en voz baja sobre lo que han hecho Poppi y sus amigos. "¡Nosotros también podemos ayudar!", dice la Luna, y le explica cómo al Búho.

Trabajan toda la noche.

A la mañana siguiente, la Niña del Gorro Rojo
y sus amigos ven lo que ha estado haciendo el Búho
para ellos. Poppi lee en voz alta el cartel.
"Biblioteca", dice.
"Una biblioteca es un lugar en el que todo el mundo
puede coger prestado un libro", añade.
La Niña del Gorro Rojo le guiña un ojo a la Zorra,
quien sonríe tímidamente.

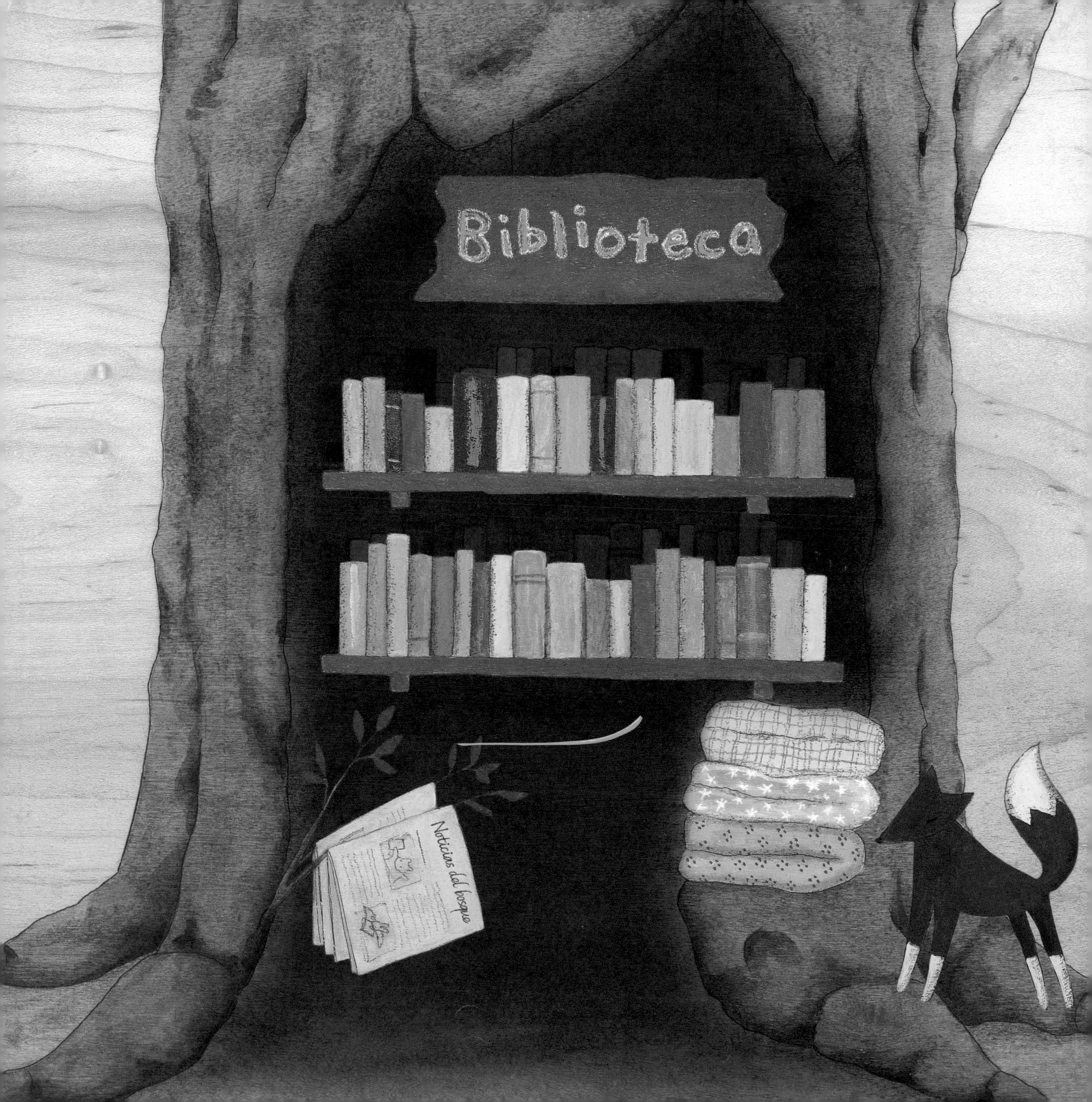
Biblioteca
Noticias del bosque

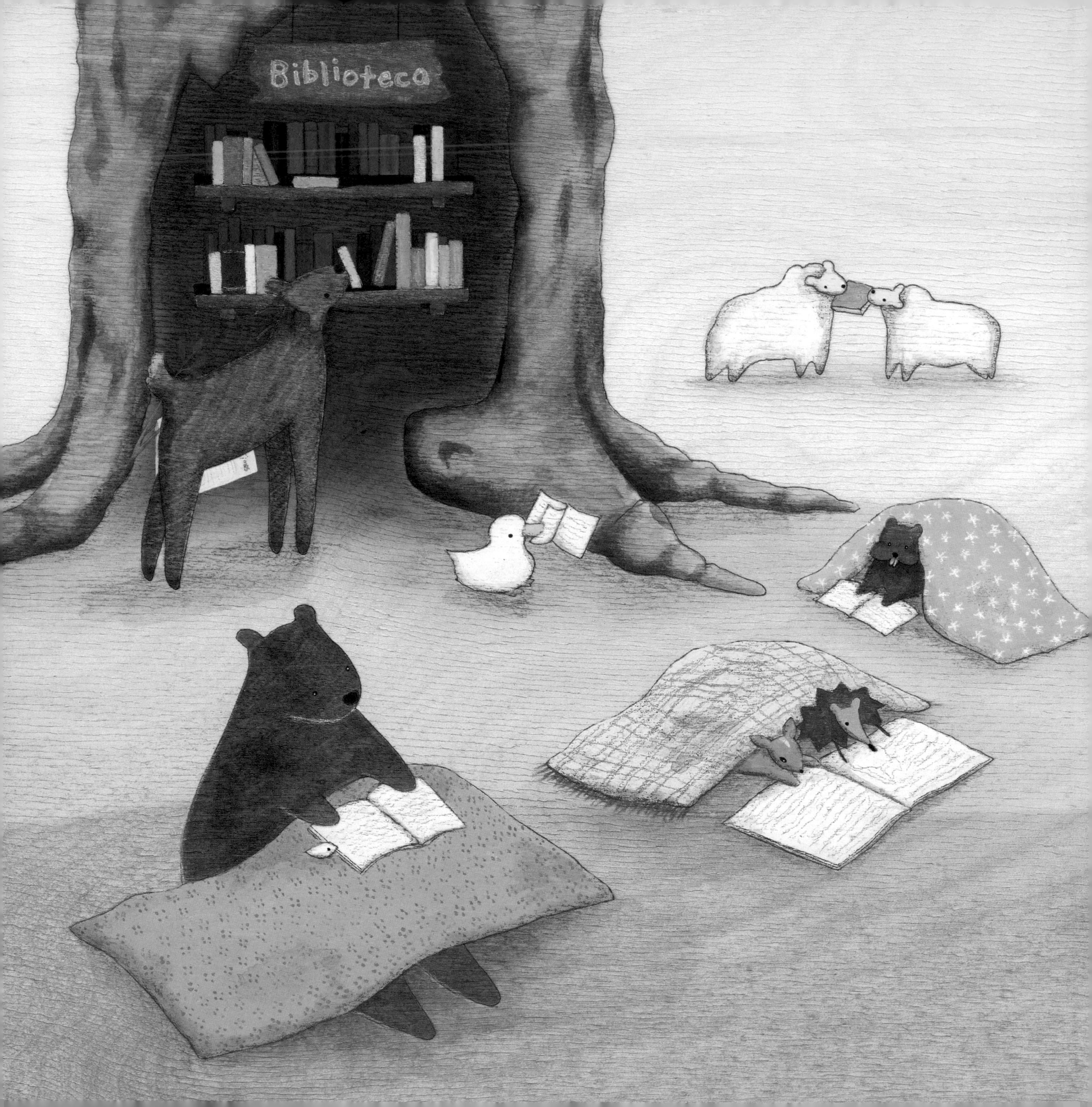
Biblioteca

Esa noche, la Luna ilumina con su luz el escondrijo y todos los amigos leen. La astuta Zorra devuelve el libro que cogió, y Poppi lo lee en voz alta para todo el mundo.

"Gracias, Niña del Gorro Rojo", dicen los pequeños que todavía no saben leer.

"Gracias Ciervo, Oso, Pájaros, Pato, Ardilla, Erizo, Castor, Ovejas, Tortuga y bebés Tortuga, Zorra, Búho, Conejo Blanco y Luna. Gracias por hacer posible nuestra biblioteca", dice Poppi.
"Es bueno compartir libros."